AF166160

L'aventure d'une vie

FSC
www.fsc.org

MIXTE

Papier issu
de sources
responsables
Paper from
responsible sources

FSC® C105338

Christine Blanch

L'aventure d'une vie

Mentions légales

© Christine Blanch, 2024

Édition : BoD · Books on Demand GmbH,

In de Tarpen 42, 22848 Norderstedt (Allemagne)

Impression : Libri Plureos GmbH, Friedensallee 273,

22763 Hamburg (Allemagne)

ISBN : 978-2-3224-9802-4

Dépôt légal : Novembre 2024

Travail éditorial :

agence éditoriale Empreinte

empreinte.click

Table des matières

À Julien et ma famille

Dès l'aube de ma jeunesse, j'ai éprouvé une curiosité foisonnante, une curiosité envers la vie et tout ce qu'elle avait à proposer. C'est cette curiosité et cet amour de la vie que je veux transmettre à travers ces lignes.

Chaque matin, le soleil se lève avec une promesse de renouveau ; ainsi débute le récit de ma vie, une aventure tissée d'instants lumineux et de joies quotidiennes. Dans un monde où les récits personnels sont souvent teintés de drames et d'épreuves, je choisis l'encre de la simplicité pour esquisser mon histoire. Une existence qui recèle cette richesse inestimable : le bonheur dans sa forme la plus pure.

Élevée dans un cocon familial chaleureux, j'ai appris à savourer chaque moment avec gratitude... À trouver dans les plaisirs simples une source intarissable d'émerveillement. La curiosité – ce fil doré qui tisse la trame de mes jours – m'a guidée vers des chemins insoupçonnés : ceux du partage et de l'amour inconditionnel.

N'est-il pas vrai que nous aspirons tous à une vie empreinte de sérénité ? Pourtant, combien osent vraiment prendre la plume pour célébrer les douceurs ordinaires plutôt que les orages ? C'est cette alchimie entre curiosité et amour des petites choses que je souhaite partager avec vous ; car oui, j'ai une vie simple et heureuse. Et si c'était là le secret tant recherché ?

Avec ces lignes qui suivront, permettez-moi donc d'ouvrir la porte sur mon univers : un havre où règnent à présent paix et contentement, après une jeunesse passée à voyager. Laissez-vous porter par ces mots sincères ; peut-être y découvrirez-vous l'écho discret mais puissant du bonheur simple...

Chapitre 1 : Catalane

Ma naissance a eu lieu le 3 juin 1967 à la clinique Saint-Christophe de Perpignan.

L'identité catalane est fortement affirmée dans ma région ; Parisiens et autres visiteurs reconnaissent l'emblème de l'âne de l'ânion... L'orgueil est une caractéristique bien ancrée chez nous, Catalans.

Notre devise, un dicton catalan : "toujours en avant et jamais nous ne mourrons". Cette terre, baignée par le soleil, jouit d'un climat clément, où la pluie se fait rare, ne troublant le ciel bleu qu'à de rares intervalles. La tramontane, vent capricieux, y sculpte le temps. Il peut parfois laisser des traces de son passage éphémère, bien qu'il serve également à purifier l'atmosphère de ses impuretés.

Notre demeure familiale se situait sur la rue des canaris à Perpignan, un appartement de deux étages avec un garage et un petit jardinet.

Mon enfance a été paisible. Les souvenirs de cette époque, bien que parfois estompés par le temps, restent globalement gravés dans ma mémoire, notamment la crainte des orages et des araignées au coucher. Il me fallait, la nuit, une peluche à qui parler pour me rassurer ou un objet porte-bonheur.

Nous avons déménagé en 1985 dans le village de Bompas, motivés par le désir familial de construire une maison proche du stade. Mon père, comptable, a trouvé son compte en s'installant chez sa mère, où il a pu jouir d'un espace de travail sans s'acquitter de loyer. Cela a représenté le commencement d'une entreprise d'expertise-comptable.

L'époque, celle des années 80, était propice aux relations sociales, en particulier dans le cadre pittoresque de mon village, où les radios locales connaissaient un engouement certain. Ces médias, très en vogue, rythmaient la vie départementale.

En 1975, l'année où les premiers pas de l'Homme sur Mars semblaient encore relever du domaine de la science-fiction, ma famille et moi avons entrepris une aventure bien terrestre : celle de bâtir notre nid familial. À l'époque, le déménagement n'était pas qu'une question d'espace ou de confort ; c'était le symbole d'un nouveau départ, un rêve façonné par mon père.

Après avoir vécu 5 ans à Paris, mon père était revenu, âgé de 30 ans. Il menait des recherches actives de clients, multipliant les déplacements et les réunions dans la capitale.

Mon enfance s'est donc déroulée sans la présence constante de mon père.

Plus tard, mes parents ont divorcé et mon père a refait sa vie avec une autre personne. Pendant ce temps, je poursuivais ma scolarité et me réfugiais chez ma grand-mère qui m'aidait à traverser ces moments difficiles.

Il y avait un petit côté pittoresque dans cette maison, située à Perpignan, à 4 kilomètres du village où vivait ma **mère**. Un patio nous accueillait, suivi d'un escalier menant à un petit bureau. Là, mon père gérait ses affaires. Ma grand-mère était fleuriste, donc une amoureuse des fleurs, et elle cultivait d'ailleurs de magnifiques rosiers et, derrière, se trouvait un **petit lavoir**, donnant sur une vaste rivière.

Les liens étaient tissés serrés avec ma grand-mère. La langue catalane, parlée en écho de nos origines, scellait notre complicité : dans une famille catalane, parler la langue du terroir représente un hommage à nos racines.

Avec mon père, la relation était également harmonieuse, bien que son absence soit fréquente en raison de ses déplacements. Paris, Avignon, il sillonnait les routes, et ses projets l'entraînaient loin.

Mon frère, lui, aîné d'un an, a été davantage par le divorce de nos parents, notamment face à la compagne de mon père, réfractaire à l'idée d'enfants dans son univers. Notre enfance s'est dessinée en marge de cette réticence, nous nous construisions en autonomie pendant que notre mère, toujours au travail, partait avant l'aube et ne rentrait qu'à la tombée de la nuit.

Mon frère, lui, avait choisi de vivre auprès de notre père jusqu'à ce que l'hostilité de sa compagne ne l'éloigne quand il a eu 18 ans. Cette situation a été un coup dur pour lui. Son adolescence s'est déroulée dans ce contexte tendu, surtout qu'il se détournait de l'école.

Nos visites chez notre père étaient sporadiques, limitées aux week-ends, et souvent entravées par ses voyages professionnels.

J'affectionnais toujours autant me rendre chez ma grand-mère, dont la générosité et la bienveillance nous enveloppaient.

Mon père nous emmenait parfois en Espagne, avec mon frère, à Cadaqués, ville de Dali. Avec sa compagne, nous profitions de l'été méditerranéen, de cette côte espagnole où la chaleur monte jusqu'à 28 degrés. C'est là, sur la côte vermeille, que l'on traverse de Collioure à la frontière espagnole, que j'ai nourri mon amour pour ces paysages et cultures.

La mer s'étend majestueusement le long de la côte, visible depuis le golfe du Lion. Non loin s'étirent les Pyrénées orientales, ainsi nommées pour leur proximité avec l'Orient. Les marchés foisonnent sous le soleil généreux. Cette région est imprégnée de culture catalane, tant au nord qu'au sud, où l'art de la construction humaine des "castells" s'épanouit – des châteaux humains érigés par des mains habiles, soutenus par des bases solides pour prévenir toute chute.

Dans cette danse de la vie, les bras s'élèvent, portant avec vigueur des structures vivantes, mesurant jusqu'à trois mètres de haut. Les piliers de main en main s'assurent de la sécurité de tous. L'admiration se porte vers la sardane et la cobla, tandis que les habitants s'assemblent près des fresques murales pour profiter de la fraîcheur, cherchant l'ombre pour échapper à la chaleur accablante. Période festive, l'artifice n'est pas de mise, mais plutôt le Muscat – ce vin du terroir, blanc ou rosé, emblématique de la région.

L'on y trouve des jarres munies de tuyaux, symboles de convivialité, d'où s'écoule le vin. Les Catalans, vêtus de rouge, célèbrent avec enthousiasme. Les bandanas, solidement noués, au cou des castellers, tandis que la sardane se danse, les mains liées en cercle... Il faut écouter et compter la mesure, suivre le meneur pour s'harmoniser à l'ensemble. Les festivités incluent aussi des jeux avec des vachettes et des pétards, traduisant une certaine exubérance que je qualifierais d'un brin barbare.

Pour ce qui est des souvenirs familiaux : les vacances avec mon père et sa compagne – peu friande du tumulte enfantin – se sont déroulées harmonieusement... Mon père n'a pas eu d'autre enfant avec cette dame, qui avait déjà une fille issue d'une précédente union. Nos rapports étaient empreints de cordialité mais sans grande proximité.

Chapitre 2 : Une construction dans le folklore

Je me rendais au lycée en bus, et je faisais donc halte les midis chez ma grand-mère, qui, retirée de la vie active, m'accueillait pour le déjeuner. Ma mère travaillait en mairie.

Mon grand-père, autrefois musicien, avait disparu trop tôt, emporté par une maladie que le progrès médical aurait aujourd'hui maîtrisée. Il portait une pile au coeur qui s'est malheureusement arrêtée. Il avait 65 ans et moi 10...

C'est un musicien de sardanes, une danse catalane empreinte de tradition et de folklore. Il jouait du fiscorn, une sorte de tuba régional, héritier des airs de cobla, cet ensemble musical dédié aux sardanes. Ici, la tradition fait vibrer : tout l'été, des centaines de sardanes aiguisent l'ambiance, résonnant de place en place.

Ma grand-mère, elle, avait donc choisi les fleurs. Retraitée, elle fréquentait le lavoir, frottant le linge avec vigueur, tout en me transmettant la langue catalane avec entrain. Toujours gaie, elle passait ses soirées devant "Fifi Brindacier", émission qu'elle ne manquait jamais, avant de s'adonner à la pâtisserie, préparant ses gâteaux à la main, selon des recettes héritées de sa propre grand-mère. Ainsi, elle a voyagé à travers le temps, nous offrant à mon frère et à moi des années de souvenirs précieux.

Je me suis également construite avec les livres, pour ériger les fondations de ma vie : Le club des cinq, Fantômette, Le Tour du monde en 80 jours de Jules Verne, Le capitaine Fracasse d'Honoré de Balzac, Albert Camus et Molière, Antonio Machado (poète espagnol) et Shakespeare pour l'anglais.

Adolescente, vers mes 15 ans, des domaines aussi divers que la musique, l'art pictural, l'apprentissage des langues étrangères et la pratique du basketball suscitaient mon intérêt. Bien que de petite taille, je faisais montre d'une ardeur défensive remarquable sur le terrain.

J'ai fréquenté le lycée Jean Mermoz, à Saint-Laurent-de-la-Salanque, de la sixième à la troisième.

Après les cours, je me hâtais vers les matchs de basket. Nous voyagions en bus, une belle équipe de filles du département. Petite mais pugnace, je tenais toujours ma place défensive.

Puis, je me suis passionnée pour le twirling bâton, une discipline alliant danse et dextérité, avant de me tourner vers la percussion associée à la danse contemporaine. Ainsi, pendant trois ou quatre ans, j'ai alterné entre le basket et la danse contemporaine, me produisant sur les scènes de Perpignan et d'ailleurs.

Les mercredis étaient dédiés au twirling bâton, tandis que les samedis vibraient au rythme du basket.

Lorsque mes grands-parents nous ont quittés, une tristesse profonde s'est abattue sur moi, mais je préfère taire le souvenir douloureux de leur départ. Leur absence a laissé un vide immense.

Mes grands-parents maternels, eux, étaient restés en Espagne. Il est essentiel de savoir que mon père vient de Figueres, en Catalogne espagnole. Moi, je suis Catalane du Nord. Durant le franquisme, entre 1939 et 1975, le régime interdisait toute expression de la langue catalane. Ce fut l'époque de la Retirada, durant laquelle de nombreux Espagnols fuyant Franco trouvèrent refuge à Perpignan. Ainsi, mon identité s'est forgée dans ce contexte d'exil et de résilience.

L'essor de l'entreprise familiale coïncidait avec les Trente Glorieuses. En 1975, mon père s'était offert une Renault 5 pour les besoins professionnels – voiture que j'ai moi-même eu le plaisir de conduire plus tard. Après mes années lycée, j'ai embrassé une formation en secrétariat et comptabilité sanctionnée par un brevet professionnel... À peine âgée de 18 ans et titulaire d'un permis flambant neuf, je rejoignais alors le monde du travail aux côtés de mon père.

J'ai eu un enseignement rigoureux en dactylographie ; nous y apprenions sur des machines à écrire qui semblaient venir tout droit du passé... Les cours étaient diversifiés : droit, comptabilité bien sûr mais aussi langues vivantes comme l'espagnol et l'anglais sans omettre le droit commercial. C'est dans ce contexte que ma collaboration avec mon père a vu le jour – elle s'étendrait du 1er octobre 1985 au 31 août 1987.

Toutefois (et là réside toute la complexité humaine), cette entreprise familiale ne faisait pas écho à mes aspirations profondes. J'ai ensuite décidé de partir en Europe, l'absence de dynamique politique à Perpignan était flagrante. L'indifférence marquée du maire à l'égard de toute forme de collaboration se traduisait par un manque criant de synergie au sein de la ville. Sans commerce ni travail, la ville semblait s'en remettre uniquement à son secteur agricole, un domaine où les vignobles environnants excellaient, avec une production maraîchère notable.

Cependant, la musique résonne lors des festivités campagnardes : la célébration des arts s'ancre dans la tradition villageoise. Les habitants, enclins à la convivialité, disposent leurs chaises en plein air, créant ainsi une fresque humaine animée. Le marché, lieu de vie et d'échanges, s'éveille, invitant à la découverte des produits locaux.

La fête de l'artichaut marque un temps fort, s'étendant sur un week-end. Et déjà, la semaine suivante annonce l'effervescence autour des cerises. Les étals se parent de ces fruits, inspirant bijoux, accessoires et vêtements à leur effigie. Des boucles d'oreilles aux t-shirts, tout célèbre la cerise, transformant le marché en une ode à ce délice.

Chapitre 3 : Envol

J'ai baigné dans l'effervescence des ondes populaires des années 80. Je me suis prise de passion pour la radio. Au sous-sol d'un bar, en dessous d'une cave de bières de stockage. Il fallait passer faire un appel à la mairie pour avoir une antenne qui portait sur quelques kilomètres de Perpignan. Nous avions aménagé l'espace, isolé phoniquement avec des cartons d'œufs, et équipé d'une platine vinyle pour les 33 et 45 tours. Les cassettes y avaient aussi leur place, et notre collection de vinyles était méthodiquement organisée.

C'est l'amitié qui m'a poussée à rejoindre cette aventure radiophonique. Le président de la station, un ami, m'avait convaincue de me joindre à eux pour étendre la portée de notre antenne. Les musiciens parmi mes connaissances ont également enrichi cette période de ma vie.

Pendant trois ans, j'ai animé les ondes avec une sélection éclectique, allant du folk au rock, en passant par des icônes telles que Police, Madonna, David Bowie, Jacques Goldman et même Nirvana. Mon goût pour la musique s'étendait du classique au jazz, de la pop au soul et jusqu'au disco. Plus tard, à Londres, cette diversité culturelle s'est poursuivie, embrassant les musiques de films, les chanteurs catalans, espagnols et anglais. Mon éclectisme musical n'a jamais connu de frontières.

La musique a bercé mon enfance ; dès mes premières années, elle s'est nichée au creux de mon être. Mon parcours musical a commencé par la guitare et le piano, deux compagnons de mes jours. Cependant, le piano, je l'ai délaissé, aspirée par le monde du travail qui ne me laissait guère de répit pour poursuivre cette passion.

Vers l'adolescence, dès l'âge de quatorze ou quinze ans, le piano a cédé sa place à la guitare. Cette dernière m'a accompagnée, fidèle, pendant quelques années. Puis, la vie m'a entraînée dans ses tourbillons de voyages et de rencontres, m'éloignant parfois de mes pratiques musicales.

Jeune, je ne me voyais pas confinée à un bureau, à la monotonie des tâches administratives. Je craignais de perdre ma jeunesse dans cette routine. J'avais un fort désir de voyager hors de France, de travailler à l'étranger.

Quant à mon père, sa réaction à ma décision de ne plus travailler avec lui a été mitigée, mais chiffres et analyses me pesaient. Mon âme artistique aspirait à autre chose.

Certes, ces compétences sont précieuses dans le monde de l'entreprise, mais il faut y trouver son compte. Moi, je préférais accompagner les gens, les guider dans les galeries, les campings...

Avant ce grand envol international tant désiré... J'avais économisé chaque centime pendant deux ans : travaillant auprès de mon père puis dans en campings pour financer ce séjour hors frontières.

Je me suis envolée pour l'Angleterre en 1991 (et là a commencé véritablement l'aventure), dans la ville de Ramsgate.

Le trajet depuis Perpignan jusqu'à l'Angleterre fut lui-même toute une aventure : vol pour Dunkerque puis hovercraft vers Douvres avant qu'une navette ne me dépose chez mes hôtes irlandais, les O'Grady. Ils m'ont ouvert les portes de leur foyer pour une durée de trois semaines. Durant ce séjour, j'ai bénéficié du gîte et du couvert tout en suivant des cours d'anglais dans une école voisine.

Chapitre 4 : Période anglaise

Par la suite, j'ai quitté Ramsgate pour devenir Nanny (Au Pair) dans une famille juive établie dans le quartier de Golders Green, reconnu pour ses communautés juives et orthodoxes, ponctués d'églises et de synagogues. J'ai traversé ces temps forts tout en nouant une relation particulière avec une jeune fille du Bangladesh expatriée à Londres à cause de la guerre du Golfe, à qui j'ai donné des cours de Français.

J'avais mon petit espace restreint mais mien, avec un petit réfrigérateur où je conservais mes provisions.

À cette époque, un amour naissant occupait mes pensées. Un jeune homme indien, rencontré à Londres, parmi tant d'autres amis dispersés aux quatre vents... Son monde gravitait autour de l'informatique, tandis que le mien, effervescent, me poussait sur des chemins variés. Notre histoire, éphémère, n'a duré que le temps de deux années fugaces.

Notre cercle d'amis, un groupe soudé, rassemblait une mosaïque de personnes. Des visages venus de Bourgogne, de Bourges, de toute la France, tous aspirant à décrocher un diplôme. Moi-même, j'ai obtenu des certificats d'Oxford, une expérience enrichissante qui m'a marquée.

Les études, malgré les apparences, n'étaient pas de tout repos. Pour autant, j'avais un certain don pour les langues étrangères, qui me fascinaient. Les cultures, les traditions, la gastronomie de ces pays m'attiraient irrésistiblement. Aujourd'hui, même si les souvenirs de mes études s'estompent, je garde le goût des échanges, bien que plus rares, et des correspondances électroniques.

Mon héritage culturel a toujours été multilingue. Apprenant le catalan auprès de ma grand-mère et pratiquant l'espagnol avec mon père, j'ai grandi entre deux langues, deux cultures, qui sont devenues une part indissociable de qui je suis. Peut-être est-ce cette expérience qui a insufflé en moi cette passion pour les langues étrangères. Très jeune, j'ai baigné dans un environnement multiculturel.

Une fois cette expérience achevée, j'ai rejoint une colocation avec une autre famille irlandaise. Le hasard - ou plutôt une connaissance bien informée - m'a orienté vers cette famille de Londres souhaitant louer plusieurs chambres. Ma colocataire suédoise s'affairait dans une épicerie fine tandis que je servais dans un hôtel cinq étoiles londonien, le Chesterfield, situé près de Green Park, au cœur de la ville. Parée d'un tailleur pied-de-poule élégant et d'une jupe bleue, je tenais le rôle de réceptionniste avec aisance grâce à ma maîtrise de l'anglais. Mon contrat ? Un an à temps partiel : environ cinq ou six heures quotidiennes.

Londres m'a vue arpenter ses lieux emblématiques, que je souhaite absolument évoquer. J'ai par exemple été sous le charme de la comédie musicale "CATS" au London Palladium.

Au Palais de Buckingham, l'agitation était à son comble. Entre les bâtiments gouvernementaux et Trafalgar Square, où la relève de la garde montée captivait les foules, il y avait cette ambiance unique... Et ces pubs !

Plus au Sud-Est, le Château de Leeds se dresse depuis 1119 - un joyau du Kent conçu par Robert de Crèvecœur. Ses pierres romanes normandes racontent des siècles d'histoire; et l'été venu... quel spectacle ! Fauconnerie, promenades en barque et rires d'enfants dans les jeux ou devant des feux d'artifice. Musique classique flottant dans l'air ; labyrinthes et grottes éveillaient ma curiosité...

Le Tower Bridge – ou devrais-je dire "Pont de la Tour" – avec ses bras mécaniques s'élevant au-dessus de la Tamise, était un passage obligé pour tout véhicule motorisé désireux de traverser. Après la seconde mondiale 1939/1945, les dégâts causés par le Blitz (terme allemand signifiant "éclair" nommant la campagne de bombardements stratégiques par l'aviation) furent réparés et la tour fut rouverte au public. Aujourd'hui, la tour est classée au patrimoine mondial par l'UNESCO et accueille plein de visiteurs.

Il y avait aussi Whitechapel... Ce nom évoquait tristement Jack l'Éventreur et ses crimes "canoniques" qui glacèrent le sang en 1888.

Camden Town ? Un univers à part entière : marché aux allures labyrinthiques, boutiques excentriques près du Regent's Canal... Ici se côtoyaient amateurs d'alternatif et noctambules. Le Jazz Café ou encore le Roundhouse ne désemplissaient jamais ; sans parler du Regent's Park – ses jardins soignés et son zoo n'étaient qu'à quelques pas.

Je pense aussi à Portobello Road Mark, qui serpentait à travers Notting Hill - un incontournable pour tout chineur qui se respecte ! Le samedi ? Journée phare ! Mais chaque jour apportait son lot de découvertes...

Madame Tussauds ? Une galerie où Lady Gaga côtoyait Elton John en silence figé ; même la famille royale britannique y était immortalisée !

Oxford Street déroulait ses 2,5 km comme un tapis rouge pour fashionistas assoiffés de nouveautés. Covent Garden s'anima également devant moi : terrasses accueillantes, artistes inspirés par leur public passant entre étals colorés. Soho battit au rythme effréné des bars éclectiques, cinémas mythiques (sans oublier Regent Street !), restaurants alléchants...

Et Big Ben ? Plus qu'une horloge : une icône dont les cloches rythmaient notre temps londonien - bien que "Big Ben", à l'origine désignât juste cette grande cloche solitaire dans sa tour majestueuse.

Tant de souvenirs indélébiles qui resteront gravés dans ma mémoire...

THE REGENCY CERTIFICATE OF ATTENDANCE

THE

Regency

SCHOOL OF ENGLISH FOR STUDENTS FROM OVERSEAS

Hereby certifies that Christine Blanch *has*

attended the Regency from 8th October 1990 *to* 6th January 1991 *and has*

satisfactorily completed studies in the following subjects: Intermediate English

REGENCY SCHOOL OF ENGLISH
RAMSGATE
ENGLAND
Recognised by the British Council
ARELS - FELCO

Managing Director

Principal

Director of Studies

38

Education for opportunity

The Institute
HAMPSTEAD GARDEN SUBURB

COLLEGE REPORT

Name of Student ....

Reference Number ....

Class Level ....

	Very Good	Good	Average	Poor
Attendance	✓	..	..	..
Punctuality	✓	..	..	..
Attitude to work	✓	..	..	..
Contribution to work of class	✓	..	..	..
Oral Skills	✓	..	..	..
Proficiency in written work	✓	..	..	..
Effort	✓	..	..	..
Achievement	✓	..	..	..

Examinations taken/to be taken
CAMBRIDGE PROFICIENCY English

General Comments

Signed .... Date ....

Tel: 081-455 9051

Registered Office: Central Square, London NW11 7BN Fax: 081-201 8063

Chairman Mr H.C. Max, LLB Hon. Treasurer Mr A.L. Rubin, M.A. F.C.A Principal & Secretary Mrs F.R. Sander, B.A. Dip. A.C.E. Vice-Principal Mr R. Bradburn B.A., MSc
A company limited by guarantee Reg. No. 130299 Reg. Charity No. 313932

39

Chesterfield Mayfair Hotel - Londres

4 étoile(s)

35 Charles Street, London, W1J 5EB Royaume uni

01 57 32 36 16

4,7 (25 avis)
Recommandé par 96 % des clients
(Moyenne du quartier : 3,9)

Booked at the last minute this hotel had all the convenience I was looking for re its location. No complaints.

de Steve P. de Cirencester, UK le 12/09/2011

Situation et informations

L'établissement Chesterfield Mayfair Hotel est situé à Mayfair - Marylebone, Londres, Royaume uni
- A 200 mètres de : Mayfair
- A 3,4 kilomètres de : City Centre London
- A 14 kilomètres de : Aéroport Londres-City
- A 300 mètres de : Green Park Station
- A 300 mètres de : Green Park Station
- A 500 mètres de : Grosvenor Square
- A 600 mètres de : Spencer House (palais du XVIIIe siècle)
- A 600 mètres de : Apsley House

Description complète

Pourquoi réserver avec nous ?

- Plus de 120 000 hôtels à travers le monde
- Garantie d'alignement de prix
- Excellent Service Clients : 01 57 32 36 16

Carte

40

J ET TOURS & FRENCH TRAVEL SERVICE LTD

A subsidiary of Air France and French Railways

Mlle Christine BLANCH
41 Harvey House
Green Dragon Lane
BRENTFORD
Middx
TW8 0DH

Notre réf. :
FT/ML.491

Mademoiselle,

Nous sommes heureux de vous confirmer votre stage dans notre société du 24 juin au 31 décembre 1991.

Je vous prie de croire, Mademoiselle, en l'expression de mes salutations distinguées.

Françoise TERUEL
Directeur

From 24/06/91 to 18/08/91.
reason for leaving = overtime til 9/10 pn.

59 Buckle Manor Road, Brentford, Middlesex, TW8 9JQ Tel: 081-750 4200 Fax: 081-750 4209 Telex: 930554
For Reservations – Tel: 081-568 6981 Fax: 081-847 4841 Telex: 8953299
Registered in England No. 815232 Registered Office as above

| E 205 | UK | (1) |

CERTIFICATE CONCERNING INSURANCE HISTORY IN THE UNITED KINGDOM

Reg. 1408/71, Art. 35, Art. 43, Art. 48, Art. 57.3.
Reg. 574/72, Art. 11, Art. 40.2 m 3, Art. 69

to be sent to by the investigating institution for issue insurance data completed under the legislation which it administers; where ... should be attached to form E 202, E 203 or E 204. Each institution concerned should draw up a form for the periods ... ...pleted under the legislation which it administers and send it to the investigating institution

Institution to which the form is addressed (institution concerned or investigating institution, as applicable)

Name	
Address (2)	

Information concerning insured person

Names		
Surname (3)	Slench	
Surname at birth (3)		
Forenames (4)	Christine	
Previous names (5)		
Sex (6)	F	
Father's surname and forenames (7)		
Mother's surname and forenames (7)		

Nationality (8)	FRENCH		DNI (8a)

Details of birth

Date of birth (9)	03 June 196
Place of birth (10)	
Province, department, county (11)	
Country (12)	

Address (2)

27 AVE DU PALAIS DES EXPOSITIONS
66000 PERPIGNAN FRANCE

5		
6.1	Insurance No at the investigating institution	JE 304100
6.2	Reference No of file at the investigating institution	CNR-DPS1-EU-A
6.3	Reference No of file at the institution concerned	

Rightful claimant (13)

		Surname at birth	Place of birth (10)
7.1 Surname (3)			
7.2 Forename			
7.3 Date of birth	Sex M	Nationality	D.N.I. (8a)
7.4 Address (2)			

42

Chapitre 5 : Pause estivale

Ma période anglaise s'est conclue à la fin de l'année 1992. Nous avons pris la route, mon amie Manuela et moi, en direction de Séville, attirées par l'éclat de l'exposition de 92, célébrant le demi-millénaire de la découverte de l'Amérique. Trois jours ont été nécessaires pour explorer les pavillons foisonnants de cette exposition.

Je me suis immergée dans la vie sévillane. Chez Manuela, l'atmosphère était brûlante, les thermomètres affichant entre 40 et 45 degrés. La danse flamenco, avec ses castagnettes et ses peignes majestueux, animait les corps et les soirées. À la tombée de la nuit, les voisins s'adonnaient aux conversations en plein air, tandis que les danses traditionnelles rythmaient la pénombre. Vers 23 heures, les feux d'artifice embrasaient le ciel, et chacun se pressait chez soi pour les admirer.

Ma découverte de Séville se poursuivait : la vénérée Vierge noire, le Guadalquivir, fleuve traversant la ville, le palais de la Casa de Pilatos, l'arène de la Maestranza, les jardins de Murillo. Une gastronomie simple et savoureuse, faite de sandwiches aux légumes et de viandes savamment assemblées, se laissait déguster. Gratitude envers Manuela pour ces moments, avant de prendre un vol Iberia pour Barcelone, puis le train Talgo vers ma prochaine destination.

En 1993, je faisais mon retour, mais avant, les souvenirs espagnols s'entremêlaient encore. Les églises majestueuses et tant d'autres merveilles architecturales...

De retour en France, j'ai travaillé pour la saison estivale au camping Marysol. Je louais des logements de vacances, et parmi mes locataires, il y avait une jeune femme nommée Yolanda, Néerlandaise qui venait au Marysol chaque saison. Sa maîtrise des langues m'inspirait. Je me suis juré d'atteindre cette aisance. Les Allemands et les Néerlandais, polyglottes et grands voyageurs, ont suscité en moi le désir de découvrir le monde.

Le camping comptabilisait cinq étoiles, riche en équipements variés : des berceaux pour les tout-petits, des installations avec piscines, tant couvertes qu'à ciel ouvert, et des terrains propices aux jeux de ballon.

L'endroit, un havre de vie s'étendant de mai à septembre, grouillait d'activité. Ma fonction ? J'officiais à la réception, experte dans l'accueil des visiteurs internationaux. Allemands en villégiature ou Espagnols du nord, c'était à moi qu'ils s'adressaient. Je gérais les cautions, les réservations et veillais au bon fonctionnement du bar adjacent.

La période estivale, rythmée par des séjours de trois, parfois quatre semaines, accueillait également les animaux de compagnie. Je m'occupais de la fourniture de lits adaptés et de draps propres. Et si un client manquait de couverts ou d'une quelconque commodité, c'était encore moi qui répondais à l'appel.

Je sillonnais le domaine à bord d'une petite voiture, conduisant les vacanciers jusqu'à leur hébergement temporaire. Les soirs d'événements, l'effervescence montait d'un cran, le personnel s'activant sans relâche, parfois jusqu'à quinze heures d'affilée. Malgré la législation prescrivant un jour de repos hebdomadaire, nous étions toujours présents le dimanche, jour d'arrivée des nouveaux résidents.

Le site proposait un assortiment d'hébergements : des chalets douillets, des tentes pour les aventuriers et des maisonnettes charmantes. Une diversité qui attestait de la qualité cinq étoiles.

Chapitre 6 : Période allemande

Lors de cette saison au **Marysol**, j'ai rencontré Madame Rita, mariée avec un Français, une cliente régulière, qui m'a par la suite hébergée en Allemagne, qui louait 4 chambres sur 2 étages de sa maison et compartiments alimentaires au frigo.

J'avais orchestré mon intégration au sein de l'entreprise Wolters Reisen, un Tour Opérator Tourisme à Bremen pour concevoir des catalogues de vacances en France : Côte Azur - Nice - 84 et 06 - Torreilles 66 - et tout le Golfe du Lion. Cela a représenté une nouvelle aventure professionnelle, où j'ai pris en charge la rédaction des descriptifs, œuvrant aux côtés d'une équipe franco-allemande.

Je vivais dans un petit appartement de trois pièces.

L'allemand, pour moi, c'était du chinois ! Alors, j'ai ouvert des livres illustrés – oui, comme ceux qu'on lit aux enfants Avec douze kilomètres me séparant de mon lieu de stage, j'ai opté pour un vélo. Pédalant jour après jour (une vraie routine !), j'ai finalement tranché : il me fallait un nid douillet plus près du boulot.

C'est alors que Rita m'a entraînée dans son cercle d'amis où Thomas a croisé ma route ; nous avons partagé trois belles années ensemble.

Ainsi, j'ai fait la connaissance de Thomas lors de ces rencontres. Il était électrotechnicien. Après avoir habité près de l'agence pendant presque sept mois, Thomas m'a invitée à venir vivre chez lui. Il avait, grâce au savoir-faire allemand réputé pour le bricolage, aménagé un espace confortable avec chambre, cuisine et salon, dans la maison de ses parents. Nous disposions de notre propre entrée, ce qui nous permettait de maintenir une certaine indépendance.

Notre communication se faisait en allemand, car il n'était pas enclin à pratiquer le français. Malgré son aversion pour la langue, notre relation s'épanouissait. Il appréciait la diversité culturelle que j'apportais.

Par la suite, j'ai eu l'opportunité de travailler pour la société Suchard, connue pour son chocolat, mais également pour Kraft et Jacob, spécialisés dans le tabac et le café. On m'a même proposé de partir au Mexique pour travailler sur des statistiques de marché, mais malgré mon âme d'aventurière, je préférais rester auprès de Thomas et sa famille. L'idée de devoir obtenir un visa et de m'organiser pour un tel déplacement me décourageait. De plus, je trouvais que l'Europe me convenait parfaitement et n'étais pas tentée par les contrées lointaines aux mœurs et aux risques inconnus.

Je me suis alors engagée dans un parcours éducatif à l'Université du Peuple. Là-bas, j'ai étudié pour l'obtention du certificat de Goethe. Je n'ai pas passé l'examen final, me contentant d'apprendre quelques phrases essentielles pour communiquer. Ces rudiments grammaticaux, bien que basiques, me permettaient de tenir une conversation élémentaire.

Sans certificat de langue allemande à la fin, cette formation était une basique introduction à la langue de Goethe avec 3 ans en immersion. Je dialoguais principalement avec Thomas, ses parents, et Rita.

Thomas était passionné de danse de salon. Nous avons pratiqué le rock acrobatique pendant deux ans, une expérience aussi intense qu'enrichissante.

Pour cela, j'avais une tenue adaptée, confortable pour les mouvements et assortie à mes baskets, bien que je ne me sois pas aventurée dans les portés trop complexes.

Nous voyagions en bus pour participer à des compétitions, vêtus de costumes scintillants.

Puis, j'ai exprimé le désir de revivre en France, et il m'a accompagnée. Nous avons financé pour Thomas une formation en français de deux semaines, mais il n'a pas profité de cette opportunité, préférant la plage et la planche à voile. Je l'ai ensuite conduit à l'ANPE, à la recherche d'un emploi, mais sans maîtrise du français, ses perspectives étaient limitées. Il a tenté sa chance, mais sans succès.

La sœur de Thomas, Kerstin, était employée chez Mercedes. Elle lui a proposé de revenir en Allemagne pour travailler avec elle. Il est parti, et bien qu'il m'ait suggéré de l'accompagner, j'ai choisi de rester chez moi.

Je garde un souvenir chaleureux de ces trois années passées là-bas. Nous sommes restés en contact, échangeant des appels et des cartes pour les anniversaires. Il m'a même informée de son mariage. C'était un ami précieux, et malgré la tristesse de la séparation, je chéris ces souvenirs.

Pour résumer cette période allemande j'ai donc vécu une véritable immersion linguistique en Allemagne, et j'ai également pu découvrir de nombreux lieux enthousiasmants.

Bremerhaven, cette cité portuaire qui n'a rien à envier aux plus grandes, m'a ouvert ses bras. Au rythme des claquements et des sifflements des chantiers navals, je me suis familiarisée avec le Bas allemand - ou plattdütsch - ce dialecte au charme si particulier.

La Weser... Cette rivière qui dessine les contours du nord-ouest de l'Allemagne a été la discrète complice de mon séjour à Bremen-Weyhe. Durant trois ans, en Basse-Saxe, ma vie oscillait entre découvertes touristiques et engagements professionnels.

Quant au Carnaval de Cologne... Trois jours durant lesquels j'ai été happée par l'effervescence des festivités locales ; un tourbillon de couleurs et de joie populaire.

Et puis il y a eu Berlin ; le temps d'un week-end, la ville s'est dévoilée à moi dans toute sa splendeur, mettant un point final – mais non moins mémorable – à mes aventures allemandes.

Teilnahmebescheinigung
Confirmation
Attestation

Christine B L A N C H

3.6.1967

Perpignan / Frankreich

hat an einem Sprachlehrgang teilgenommen
attended a language course
a suivi un cours de langue

Deutsch

8.7.1992 – 30.9.1992

10   %

Pforzheim, den 30. September 1992

Wolters Reisen GmbH · Hafenstraße 55 · 2820 Bremen 71

Frau
Christine Blanch
77, Wentworth Road
NW 11 Golders Green
        London (G.B.)

El   H. Kolata   223   16.10.1992

Sehr geehrte Frau Blanch,

hiermit bestätigen wir Ihnen, daß Sie ab 06. Januar 1993 bei uns als Praktikantin beschäftigt werden.

Als Praktikantenentgelt erhalten Sie DM 1.000,-- je Moant brutto. Die steuerlichen und versicherungstechnischen Formalitäten regeln Sie bitte dann mit unserem Herrn Storm.

Die Kündigungsfrist beträgt einen Monat zum Monatsende.

Die Arbeitszeit beträgt wöchentlich 38,5 Stunden, und zwar

    montags - freitags 09.00 - 18.00 Uhr (1/4 Std. Frühstück)
                                           (3/4 Std. Mittag)

Sie sind verpflichtet, alle geschäftlichen Angelegenheiten unbedingt geheim zu halten und von diesen weder mittelbar noch unmittelbar für sich oder Dritte Gebrauch zu machen. Außerdem ist die Höhe der Bezüge weder den Kolleginnen und Kollegen noch Dritten bekanntzugeben. Diese Verpflichtungen bleiben auch nach dem Ausscheiden aus den Diensten der Firma Wolters in Kraft, soweit und solange es sich um Geschäftsvorgänge handelt, die ihrer Natur nach besonders schutzbedürftig sind.

Wir bitten Sie, im Falle einer Erkrankung der Firma möglichst umgehend Mitteilung von Ihrer Krankheit zu machen, damit die Firma entsprechend disponieren kann. Dauert die Krankheit länger als 3 Tage, so werden Sie der Firma eine ärztliche Bescheinigung vorlegen, aus der die voraussichtliche Dauer der Arbeitsunfähigkeit ersichtlich ist.

Mit freundlichen Grüßen

WOLTERS REISEN GMBH

Wolters Reisen GmbH · Geschäftsführer · Sitz der Gesellschaft

Hausanschrift   Telefon (0421) 80 ...   Banken:
Hafenstraße 55   Telefax (0421) 80 ...
2820 Bremen 71   Telex 240 ...

Teilnahmebescheinigung

des Deutschen Volkshochschul-Verbandes e.V.

Name u. Vorname __Blanch, Christine__

Straße u. Hausnummer __Weserstr. 8__

Postleitzahl u. Ort __2803 Weyhe__

hat an dem
Kurs/Arbeitskreis __'Deutsch als Fremdsprache' - Aufbaukurs__

vom __2.2.1993__

bis __10.6.1993__

mit __30__ Doppelstunden regelmäßig teilgenommen.

__Bremen__ , am __10.6.1993__

Prof. Dr. E. Sch...

Leiter/in der Volkshochschule

Es wurde
behandelt: ____

Ziel des Kurses war es, wichtige Grammatikbereiche

aus dem Grundkursprogramm zu wiederholen und

darüber hinaus die Sprachkenntnisse auszubauen.

V.a. wurden behandelt

das Verb (Arten und Zeitformen),

das Substantiv (Genus und Kasus),

das Adjektiv,

Pronomen / Präpositionen / Adverbien

und die Satzlehre.

Leistungsbescheinigungen werden für diesen Kurs/Arbeitskreis nicht ausgestellt.

Leiter/in des Kurses

HANSEATISCHE
PERSONAL SERVICE GMBH

KornstraBe 201
28201 Bremen
Telefon (0421) 55 46 12
       (0421) 55 47 45 + 55 53 90
Telefax (0421) 55 17 15

HPS · Kornstraße 201 · 28201 Bremen

Ihr Zeichen·   Ihr Schreiben vom: Unser Zeichen   Datum

Z E U G N I S

Frau Christine Blanch, geboren am 03.Juni 1967 in Perpignan/
Frankreich, wohnhaft Im Wiesengrunde 16 in 28844 Weyhe, war vom
21.06.1995 bis zum 01.09.1995 als kaufmännische Angestellte in
unserem Unternehmen tätig.

Als Unternehmen für Zeitarbeit stellen wir unserer Personal gemäß
Arbeitnehmerüberlassungsgesetz unseren Kunden zur Verfügung.

Im Rahmen der kaufmännischen Dienstleistung wurde Frau Blanch
mit folgenden Aufgaben betraut:

- Vermitteln und Führen von Telefongesprächen
- Vorbereitung für Dienstreisen (Hotelreservierung
  und Terminierung)
- Allgemeine Korrespondenz mit dem Textverarbeitungs-
  system "WinWord"
- Übersetzungen in französischer Sprache
- Ferner wurde Sie in einer Kantine eingesetzt und
  mit allgemeinen Aufgaben betraut, die dort anfallen.

Frau Blanch hat sich sehr schnell in ihre Aufgaben eingearbeitet.
Die ihr übertragenen Aufgaben erledigte sie sehr selbständig zu
unserer vollen Zufriedenheit. Sie war eine zuverlässige und ver-
trauenwürdige Mitarbeiterin.

Geschäftsführer:
Wolfgang Sauer
Bankverbindung:
Commerzbank, BLZ 290 400 90
Konto-Nr. 2 116 200
Handelsregister Bremen
Erfüllungsort und Gerichtsstand Bremen

Manpower Planen + Leisten GmbH

MANPOWER
NIMM DIR DIE FREIHEIT.

ZEUGNIS

Als eines der führenden Unternehmen für Zeitpersonal stellen wir unseren Kunden in Industrie und Wirtschaft bei Personalengpässen und saisonbedingten Arbeitsspitzen unsere Mitarbeiterinnen und Mitarbeiter zur Verfügung.

In diesem Rahmen war Frau Christine Blanch, geb. am 03.06.67, vom 13.03.95 bis 09.06.1995 in unserem Unternehmen als Sekretärin tätig.

Vornehmlich arbeitete sich Frau Blanch in ein Arbeitsgebiet ein, das eine große Flexibilität, schnelles und sicheres Reagieren sowie großes Verantwortungsbewußtsein erforderte.

Mit folgenden Aufgaben wurde Frau Blanch betraut:

- Rechnungen kontiert und gebucht
- Rechnungen aus dem Ausland übersetzt und kalkuliert
- Ablage ins Archiv sortiert
- Weiterleiten von Telefonaten
- Preislisten erstellt

Aufgrund ihrer positiven Einstellung zu den gestellten Aufgaben war Frau Blanch stets in der Lage, ihre Tätigkeit zu unserer und unseres Kunden vollen Zufriedenheit auszuführen.

Hervorzuheben sind besonders die Kenntnisse in Word für Windows, Ami Pro, Excel und Lotus.

Durch ihr freundliches, verbindliches Wesen war Frau Blanch bei Vorgesetzten und Kollegen gleichermaßen beliebt.

Frau Blanch scheidet zum 09.06.95 aus unserem Unternehmen aus. Wir wünschen ihr für die Zukunft alles Gute.

Bremen, den 09.06.1995

MANPOWER
Planen + Leisten GmbH
Personaldienstleistungen

i.V. T. Reitz
Niederlassungsleiter

i.V. B. Klußmann
Abteilungsleiterin

Geschäftsführer   Banken in Frankfurt/Main   Dresdner Bank AG

Handelsregister   Deutsche Bank AG   Postbank

Chapitre 7 : Retour en France

À mon retour, après un été à travailler en camping, j'ai rejoint l'entreprise Saint Charles, un pôle économique agricole. Là, durant quatre mois d'hiver, je réceptionnais les fournisseurs en fruits et légumes et coordonnais la distribution des marchandises vers l'Espagne.

Mon parcours professionnel m'a ensuite amenée à occuper le poste d'assistante commerciale dans le cadre de contrats à durée déterminée, saisonniers, s'étalant sur trois à quatre mois. J'ai eu l'opportunité de collaborer avec **une entreprise de fruits et légumes BIO** une entreprise de taille moyenne comptant quarante colaborateurs, une entreprise de plus grande envergure, caractérisée par une flotte de quarante camions dédiés à la location pour la distribution de produits frais dans les supermarchés à travers la France.

C'est à cette période qu'est née ma passion pour le dessin et la peinture... L'huile, l'acrylique ou encore le fusain sont devenus mes outils pour saisir natures mortes, nus, paysages, imaginaire, abstrait... Je me suis perfectionnée avec des cours du soir aux Beaux Arts de Perpignan pendant 3 ans.

J'avais toujours éprouvé un intérêt déjà marqué pour le dessin, et j'ai appris dans des livres... Une créativité foisonnante qui m'a poussée à exprimer mon art et à partager mes émotions via chaque trait de pinceau.

J'ai traversé une période de mariage dont je préfère ne pas évoquer les détails. Aussi, épuisée après six années consacrées à des séjours linguistiques incessants, j'ai fini par succomber à un épuisement professionnel. La nécessité de me ressourcer s'est imposée ; ainsi, j'ai intégré la clinique psychiatrique Saint-Joseph. Là-bas, sous l'égide bienveillante du **Dr Lenabier,** j'ai entrepris un mois de soins dédiés à ma convalescence.

Durant mon mariage, je suis tombée enceinte, mais le père de l'enfant a choisi de ne pas s'impliquer dans son éducation. Par conséquent, nous avons pris la décision de divorcer.

J'ai alors décidé d'aller vivre à Toulouse, séduite que j'étais par ses infrastructures hospitalières de pointe ; en comparaison, Perpignan, ma ville de résidence, ne disposait que d'un hôpital aux équipements basiques.

Mon inébranlable détermination m'a poussée à organiser un déménagement méthodique. Mon but : me rapprocher de la clinique tout en esquivant les services onéreux des agences immobilières ; je préférais traiter directement avec les propriétaires. Après maintes recherches sur mon ordinateur, mon choix s'est arrêté sur un studio à Ramonville - une ville qui se distinguait par sa gamme complète de services médicaux (pharmacies, laboratoires...). À juste 9 kilomètres de Toulouse et facilement accessible moyennant un péage, la localisation était idéale.

Dans cette nouvelle ville, j'ai décroché un emploi en tant que secrétaire trilingue au sein d'une famille italienne du secteur de l'habillement du mariage pour homme : dont le Gérant était Mr CRONATI et ses deux fils - Pierre et Laurent. L'atout majeur de ma candidature résidait dans ma connaissance approfondie de l'allemand et de l'anglais – ce qui m'a valu un contrat à durée déterminée avec perspective de renouvellement. Bien mon employeur ne parle pas couramment français... notre entretien a été fructueux et a abouti sur une embauche.

Et puis il y eut ce salon organisé avec nos partenaires espagnols. Nous avons pris la direction de l'Espagne, et j'ai assuré la traduction, faisant le pont entre le français et l'espagnol. Les prix des costumes étant prohibitifs, nous avons fait chou blanc. Malgré tout, l'expérience était enrichissante.

L'aménagement dans mon nouveau chez-moi a été orchestré avec soin : préparation méticuleuse du nid douillet destiné à accueillir mon fils ; coordination avec divers spécialistes médicaux ; mise en place d'une couverture sociale ad hoc...

Pendant que je menais ma vie professionnelle, un enchaînement d'événements m'a violemment secouée. Imaginez... le 11 septembre 2001 ; le monde assistait, horrifié, à l'attaque contre la tour nord du

World Trade Center par le vol 11 d'American Airlines. À bord, 92 personnes - dont le courageux pilote - étaient prisonnières d'un acte de terrorisme abominable.

Peu après, un autre avion, le vol 175 de United Airlines, connaissait un destin similaire... victime des pirates de l'air.

Juste après ce drame new-yorkais qui nous avait tous bouleversés, ma vie a été ébranlée par une catastrophe tout aussi dévastatrice : l'explosion de l'usine AZF à Toulouse survenait le 21 septembre 2001 ; un terrible accident industriel qui a fait trembler toute la ville.

Ladite usine était pourtant conforme aux normes ISO (ce gage de sécurité !) Lorsque la catastrophe a éclaté... j'étais seule au bureau ; les dirigeants étaient en déplacement. La déflagration – près du quartier paisible de la Roseraie – a retenti soudainement et bruyamment comme un coup de tonnerre inattendu et envoyé dans les airs un nuage verdâtre impressionnant...

Au début (et peut-être était-ce naïf), j'ai pensé à une banale explosion de chaudière chez l'un des voisins... Mais non ! Un livreur est vite venu me détromper avec cette vérité si brutale. Sans électricité ni téléphone fixe fonctionnels, heureusement que mon portable était là pour alerter mes collègues: "N'approchez pas des locaux!", leur ai-je dit; "le secteur est sinistré."

Dans cette confusion - entre vitrines brisées et visages paniqués - je suis rentrée chez moi. Devant mon téléviseur allumé (comme pour chercher du réconfort), j'ai vu défiler ces scènes chaotiques encore et encore... Cette catastrophe tombant si peu après les attaques du World Trade Center n'a fait qu'accroître nos craintes déjà palpables.

Et puis, le 11 octobre, j'ai accouché à la clinique dans une piscine, avec péridurale et monitoring.

Les sage-femmes y étaient remarquablement accueillantes et ont veillé sur moi durant toute la durée du travail obstétrical. Trois sutures ont été nécessaires compte tenu du volume crânien du petit – la cicatrisation s'est heureusement opérée sous 10 jours.

Face à l'impossibilité d'allaiter, le choix s'est porté vers le lait infantile pour nourrir bébé. Mes proches ont afflué pour nous rendre visite en clinique ; un ami dévoué a même pris en charge les formalités officielles liées à sa naissance auprès des autorités municipales.

Plus tard... il y eut ce redressement fiscal pour ATS, mon employeur à l'époque : Pierre (notre comptable) m'avait prévenue que nous étions dans une mauvaise passe. Ils jouissaient d'une certaine aisance financière, pourtant. Mr **Cronati** et sa partenaire, possédaient un hôtel cinq étoiles à Toulouse, bien connu et fréquenté. Mais les fils dépensaient trop d'argent dans les voyages. Pierre était le plus stable, tandis que Laurent était toujours en mouvement. Ils alternaient entre Paris et leur domicile : une semaine ici, deux semaines là-bas. Ils avaient également trois avocats...

J'ai donc pris la décision de rentrer à Perpignan.

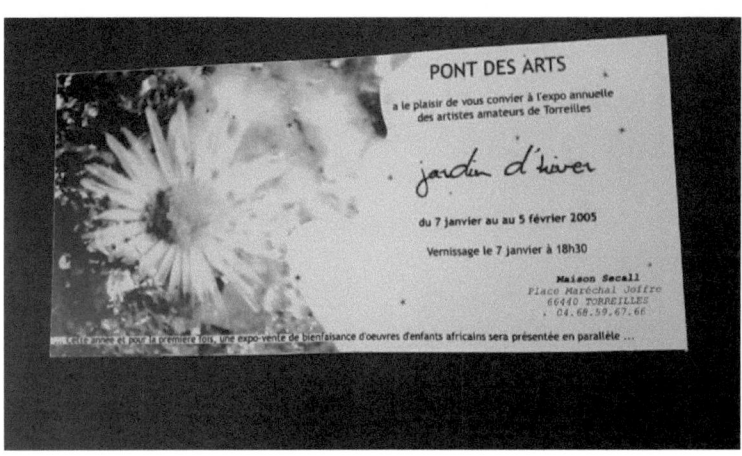

PARCOURS ARTISTE PEINTRE
(EXPOSITIONS,COURS,CONCOURS,MARCHES)ROUSSILON ESPAGNE

CREPERIE BRETONNE	RESTAURANT	PERPIGNAN	01/12/05➔31/12/05 période fêtes de Noël
MAS PAMS L'ART SANS LIMITES	SALLE	BOMPAS	24/01/04 ➔25/01/04
MARCHE DES ARTS	ASSOS LES KIWANIS	PERPIGNAN PROMENADE	Tous les 1er samedi du mois (avril et septemb 2003/04/05/06
ACADEMIE DES ARTS BAIXAS	Place COUDALERE	PORT BARCARES	09/07/03➔23/07/03 2 journées
FAR FEDERATION NATIONALE DES BEAUX ARTS	ARGELES CENTRE VILLE	ARGELES VILLAGE	22/05/04 sur 1 Week end
ESPACE DES ARTS	LE SOLER	LE SOLER	15/05/04➔22/05/04 15/05/05➔22/05/05 15/05/06➔22/05/06
MARCHE DE FIGUERES	ESPAGNE	MARCHE COUVERT	01/05/2003/04/05/06
SALON D'AUTOMNE	VILLE DE CLAIRA HOSPICE ST JEAN BIENNALE	CLAIRA CENTRE VILLAGE	29/11/03➔24/10/05
MAS CARBASSE	ST ESTEVE VILLAGE EXPO MULTI ARTISTES	ST ESTEVE	23/05/06➔28/05/06
CONCOURS DE PEINTURE	JOAN COS PREMI SALVADOR DALI	ESPAGNE	05/05/05
JARDIN DHIVER	TORREILLES VILLAGE MAISON SECAILL	TORREILLES	07/01/05➔05/02/05
MAS DE L'ILLE	RENCONTRE DES ARTS	PORT BARCARES	29/06/06➔16/07/06
ELNE	GALERIE MOLIERE AVEC CAROLE ALEXANDRE EXPO COLLECTIVE AVEC 8 ARTISTES	ELNE HAUTE VILLE ELNE HAUTE VILLE	01/03/05➔30/03/05 01/10/06➔15/10/06
ECOLE JULES FERRY	INTERVENANTE ARTS PLASTIQUES 28 ELEVES DE CE1/CE2/CM1	PERPIGNAN	01/01/05➔17/06/05
MARCHE NOCTURNE PORT BARCARES	MARCHE DE CADRES ACTIVITE NON SEDENTAIRE ARTISTE PROFESSIONNELLE	PORT BARCARES	JUILLET/AOÛT 05 20H00 A 00H00
INSCRIPTION MAISON DES ARTISTES	B319595	PARIS	2006
MAS PAMS	SALLE SALON D'AUTOMNE	BOMPAS	22/09/2004/2005/20
MARCHE DE GIRONA	FIRA DEL DIBUIX Y DE LA PINTURA	ESPAGNE	11/11/2004/2005
CONCOURS DE PEINTURE	ESPACE CLAIRFONT	TOULOUGES	20/05/05

Chapitre 8 : Maman

À mon retour, les choses se sont avérées ardues. En effet, j'ai attendu près de six à sept mois avant de percevoir mes salaires, m'obligeant à saisir les prud'hommes et à faire appel à un mandataire judiciaire. J'ai obtenu un précieux certificat de travail de Toulouse, fourni par ce dernier. Entretemps, mon fils a été confié à une famille d'accueil. Cela s'est fait alors que je devais encore me rééquiper en mobilier. La période était financièrement tendue ; il fallait tout réorganiser.

Heureusement, j'ai pu compter sur le soutien de mon père qui m'a offert un toit sans exiger de loyer. J'ai oeuvré pour que mon fils puisse revenir avec moi. Après six mois, j'ai pu le récupérer, et durant cette période, je lui rendais visite chaque weekend et je l'enmenais au parc.

La famille d'accueil se trouvait non loin de Perpignan, à environ 30 minutes. Il avait été pris en charge par la justice, et la décision avait été prise en concertation avec mon père.

Je voulais lui assurer un environnement confortable.

Par la suite, j'ai suivi tous les rendez-vous nécessaires, que ce soit chez le pédiatre ou pour des séances d'orthophonie, essentielles au développement du langage.

Mon père, soutien indéfectible, a été présent, tout comme mes amis. Mon fils a grandi sous le regard bienveillant de son grand-père, qui venait souvent nous visiter.

J'ai épaulé son parcours scolaire dès ses premiers pas à la maternelle. Les mathématiques ? Son talon d'Achille, alors que son aisance en histoire, géographie ou langues (espagnol, anglais) et même en récitation française ne souffrait aucune contestation. Mon bagage en algèbre ne me prédestinait guère à naviguer parmi les nouvelles méthodologies mathématiques ; pourtant, mon fils a excellé dans ce domaine jusqu'à atteindre une performance notable.

Nous avons misé sur le sport pour son bien-être : le football puis le tennis, le basket et le Taekwondo, qui a canalisé son trop-plein d'énergie et a aidé à le détacher un peu de notre lien peut-être un peu trop fusionnel.

Un camarade lui a fait découvrir un autre sport exigeant agilité et offensives, le volley... Une activité alliée à une croissance fulgurante a opéré sa métamorphose. Il eut même la chance de participer à des stages marseillais avec des pros durant cinq ans ; une expérience cruciale.

Son cursus s'est conclu par un bac économique et social ; il aspirait au métier d'infirmier. Dès la quatrième, il a acumulé les heures de stage comme brancardier, dans les ephads, cliniques, laboratoires d'analyse.

Il a poursuivi ses études en Corrèze où il a rencontré sa compagne - ils forment depuis cinq ans un duo indissociable. Aujourd'hui,

Clermont-Ferrand est leur nid où il a trouvé sa place tandis qu'elle continue ses études.

Par intervalles irréguliers, peut-être tous les deux ou trois mois, ils séjournent chez moi pour quelques jours, généralement trois ou quatre. Ces moments sont l'occasion de se retrouver en famille.

Julien a toujours été sociable ; dès son plus jeune âge, nouer des liens lui était naturel, tout comme prendre la parole avec assurance. Notre relation était spéciale : calme et profonde – après tout, c'était mon seul enfant.

Je garde précieusement ces souvenirs. Les photos racontent ces moments : toboggans aquatiques ; châteaux gonflables ; anniversaires festifs autour de la piscine... Aussi, la montagne nous tendait les bras tout comme la mer située non loin – quatre petits kilomètres ! À peine plus loin – une heure trente – ski alpin et balades en traîneau nous convient aux plaisirs hivernaux...

Julien a toujours eu ce besoin viscéral de douceur ; refusant cris et rudesses. D'un naturel paisible, il a toujours su s'entourer harmonieusement.

Et puis Gwen est entrée dans sa vie – leur histoire commune pouvait débuter... Entre eux, une connexion singulière s'est tissée... Un lien solidifié par la quiétude, une entente silencieuse et réfléchie.

Lorsqu'il choisissait ses amis, il faisait montre d'une méticulosité sans faille. Il n'est pas homme à agir sans mûre réflexion ; la prudence guide chacun de ses pas.

En octobre 2024, Julien célébrera son vingt-quatrième anniversaire. Avec sa compagne, ils incarnent une harmonie professionnelle, chacun œuvrant à temps plein dans l'univers exigeant de la santé.

Chapitre 9 : Paris

En 2014/2015, j'ai passé une VAE pour un niveau licence LEA (langues étrangères appliquées) via l'université à Perpignan, et je me suis aventurée dans le monde fascinant de la traduction : pendant trois ans j'ai jonglé avec les mots espagnols et anglais (et inversement). Autoentrepreneure indépendante mais souvent pressée par l'urgence des demandes : menus gastronomiques, rapports annuels étaient mon quotidien.

Après avoir traversé ce kaléidoscope professionnel fait de rencontres marquantes et diversifiées, il était temps pour moi prendre mes distances face aux engagements qui ne m'étaient plus convenables. Bien que rythmée par l'urgence permanente, cette tranche de vie reste gravée comme une odyssée enrichissante... Une épopée formatrice qui demeure précieusement ancrée dans ma mémoire.

En 2017, j'ai pris la décision, après en avoir discuté et obtenu l'assentiment de mon fils, de m'envoler pour Paris. La capitale foisonnait de perspectives et, après mûre réflexion, il a donné son aval. Étant bien, il se sentait suffisamment soutenu pour me donner son feu vert.

Je suis donc partie pour Paris en mai, après avoir organisé mon départ de Perpignan. J'y ai intégré une colocation de quatre personnes en face du conservatoire, où je continuais la musique. J'enchainais les missions d'intérim durant un an.

Par la suite, j'ai intégré une entreprise importante, un groupe spécialisé dans les normes ISO, la certification d'analyse, où j'ai travaillé en tant qu'assistante commerciale. J'étais alors responsable de 130 clients, sous la houlette d'un directeur. J'étais en charge de la clientèle dans les secteurs des loisirs, de l'hôtellerie, mais aussi de cabinets d'ingénierie et d'industries variées, notamment des PMI et PME, ainsi que des bureaux d'études en architecture.

Mon rôle impliquait une organisation méticuleuse et un suivi appliqué des factures et des paiements. Je tissais également des relations clients, incarnant le rôle clé de secrétaire et d'assistante commerciale.

Paris, ville culturelle par excellence, m'offrait de nombreuses opportunités. Malgré une modeste chambre de neuf mètres carrés, ma vie sociale y était riche.

Je me suis jointe à une association bretonne et, en août, j'ai pris part au Festival Interceltique de Lorient, avec Claire et Solange qui travaillaient aux finances. Nous avons ensuite profité de concerts baroques et classiques, de retour à Paris, au Parc Floral.

Paris regorgeait de lieux emblématiques que j'ai explorés : la rue de Rivoli, Notre-Dame, Saint-Germain-des-Prés, l'opéra Garnier, le

Louvre, le Trocadéro, la Tour Eiffel, les Champs-Élysées, l'Arc de Triomphe, sans oublier les concerts à Bercy et à L'Arena.

Je fréquentais le Conservatoire chaque lundi, où je me consacrais au chant et à la percussion, pratiquant les bongos et autres rythmes entraînants. Ces quatre années furent marquées par la constance du groupe avec lequel je jouais.

Voilà l'essence de mon parcours, ponctué par la musique et la vie parisienne, témoignant de mon attachement à la fois à la tradition et à l'innovation culturelle.

Les weekends étaient rythmés par les concerts auxquels je participais.

J'ai travaillé pour la société de certification ISO pendant près de huit mois. En janvier 2018, entre une semaine de neige et des grèves, j'ai loué un studio de 19 m², idéalement situé près du RER, facilitant l'accès au métro, aux supermarchés, aux cabinets médicaux, aux radiologues, aux banques, aux boulangeries et même aux lavomatiques. Sans oublier la CAF, indispensable étant donné le coût de la vie à Paris.

Je me suis lancée dans une formation rémunérée, et en 2020, la crise sanitaire a bouleversé nos habitudes, semant le chaos. Cette formation, un BTS management, m'a été recommandée par Guillaume. Ce BTS en management, normalement étalé sur un an du mois de septembre 2019 à juin 2020, fut condensé dans un rythme soutenu, une accélération rendue possible grâce à mon expérience professionnelle.

La formation s'est déroulée en trois mois de cours en présentiel, avant que la crise sanitaire ne nous contraigne à poursuivre à distance, via des outils de visioconférence comme Skype. Confinée, je n'avais d'autre choix que de travailler assidûment.

Lorsque le déconfinement a été amorcé, nous avons pu, masqués, reprendre une certaine liberté de mouvement. Nous avons alors préparé et passé les examens finaux en l'espace d'un mois.

La formation avait été partiellement financée par Pôle Emploi, et complétée par l'AFPA.

Quant à mon ancien patron, l'idée était de réintégrer l'entreprise avec les nouvelles compétences acquises. Pendant la formation, je n'étais plus salariée de l'entreprise. Guillaume m'avait conseillé de saisir cette opportunité de formation.

Grâce aux **allocations chômage**, j'ai pu subvenir à mes besoins, percevant 900 € par mois. La CAF a également joué un rôle dans ma capacité à financer cette formation d'un an, de janvier à juin 2020.

J'avais 53 ans, mais cela n'a jamais été un frein. Nous étions trois dans cette même décennie de vie, animés par une soif identique d'apprentissage. Cette aventure humaine fut ponctuée par des rencontres inspirantes avec une vingtaine de personnes aux parcours variés.

Certains ont abandonné en chemin ; ceux restants ont tissé des liens solides... J'ai eu la chance d'intégrer un stage en diagnostic immobilier où j'ai découvert tous les aspects du métier : termites et diagnostics complexes n'avaient plus aucun secret pour moi.

Marquant fut mon stage dans le 4ème arrondissement parisien auprès d'une entrepreneure audacieuse qui avait conçu un système chauffant innovant pour assiettes – pensant avant tout aux besoins spécifiques des séniors. Son invention brevetée a été au coeur d'échanges fructueux et empreints de bienveillance entre nous deux...

Après avoir bouclé ma formation, mon fils et moi avons voyagé en décembre 2018 à Londres, logeant dans une ancienne prison transformée en lieu de séjour coloré et adapté aux adolescents, avec des installations de loisirs telles que des billards et des consoles de jeu. Notre objectif était la visite des studios Harry Potter, une expérience que nous attendions avec impatience, tous deux passionnés par l'univers du célèbre sorcier.

C'est ainsi que mes pas m'ont menée vers King's Cross, à Londres; là où se dresse une réplique du fameux quai 9 ¾. Sanctuaire pour tout admirateur d'Harry Potter, ce passage secret invite les apprentis sorciers à bord du Poudlard Express. Autour, les boutiques foisonnent (souvenirs et friandises y compris), tissant habilement rêve et réalité commerciale.

En me promenant parmi ces échoppes, j'ai réalisé que la magie de Harry Potter s'étendait bien au-delà des livres ou des salles obscures ; elle imprégnait aussi les rues londoniennes... Là où l'on peut s'évader lors d'un week-end improvisé entre Piccadilly et Oxford Circus – pour chiner un souvenir ou simplement savourer un repas.

Durant cette année, les scientifiques, en pleine effervescence, œuvraient à la découverte de vaccins. Dans ce tumulte, un éminent microbiologiste français a émergé, le professeur Raoult, apportant un semblant de quiétude par ses apparitions médiatiques. J'avais moi-même élaboré un prototype lié au coronavirus, avec des cartes pédagogiques, que j'ai envoyé à l'INPI pour le conserver pendant 5 ans.

Puis, la maladie m'a frappée. Symptômes classiques : fièvre, rhume, douleurs musculaires. Confinée, sans nouvelles de l'extérieur pendant dix jours, j'ai ensuite reçu un courrier de la mairie me pressant de me faire vacciner. Les centres de vaccination locaux étant saturés, j'ai étendu mes recherches aux environs, trouvant finalement une place via une plateforme en ligne. Trois doses étaient nécessaires, du fait de mon âge.

La première injection, je l'ai reçue à Créteil, après un périple de quatre kilomètres en bus. La seconde dose, je l'ai obtenue à l'hôpital de Bobigny, et la dernière, dans un dispensaire de la Croix-Rouge.

Une fois mon schéma vaccinal complet, je me sentais protégée pour un temps. Mon diplôme, je l'ai finalement reçu en novembre. Les notes préalables m'avaient été envoyées, et une visite à l'AFPA a été nécessaire pour récupérer le précieux sésame durant une période troublée par une grève des transports.

J'ai ensuite pris part à des initiatives avec des femmes entrepreneures dans le 5e arrondissement. Mon engagement avec Pôle Emploi m'a permis d'obtenir un téléphone portable, un outil précieux pour mes projets. De retour au printemps, je me suis investie dans les marchés saisonniers, proposant t-shirts et tasses. J'aurais souhaité me consacrer aux loisirs créatifs pour enfants, mais le soutien manquait. Avec des matériaux de récupération comme des rouleaux de papier toilette et des boîtes d'œufs, j'envisageais des projets futurs. En septembre et octobre, j'ai travaillé à la cantine municipale, animant des ateliers créatifs pour les plus petits.

MINISTÈRE DE L'ENSEIGNEMENT SUPÉRIEUR, DE LA RECHERCHE ET DE L'INNOVATION

ACADEMIE DE CRETEIL

BREVET
DE TECHNICIEN SUPÉRIEUR

SUPPORT A L'ACTION MANAGERIALE

Délivré à   MADAME BLANCH Christine

né(e) le   03 Juin 1967   , à   PERPIGNAN (066)

conformément au procès-verbal de l'examen établi le 09 Juillet 2020
par le président du jury

Le Directeur du Service interacadémique
des examens et concours

F. MULLER

signature du titulaire :

Nº 20133780493

Il est rappelé que les fraudes et tentatives de fraude sont passibles de sanctions pénales (*) et peuvent conduire à la suspension de l'instruction ou des droits dont le bénéfice était demandé.
(*) dans les conditions prévues aux articles 313-1, 313-3, 433-19 et 441-7 du code pénal

DIPBTSCRE0518

Université de Perpignan Via Domitia

R É P U B L I Q U E   F R A N Ç A I S E

UNIVERSITÉ DE PERPIGNAN VIA DOMITIA   INSTITUT FRANCO CATALAN TRANSFRONTALIER

DIPLÔME D'UNIVERSITÉ

Vu le code de l'éducation Article L. 613-2

Vu la délibération du Conseil d'Administration de l'Université de Perpignan Via Domitia

Vu les pièces justificatives produites par Mme CHRISTINE BLANCH, née le 3 juin 1967 à PERPIGNAN (066), en vue de son inscription au DIPLÔME D'UNIVERSITÉ CERTIFICAT DE LANGUE CATALANE B1, validé par l'UPVD label INIATION/PREPARATION, Conseil d'Administration du 25/05/2012, spécialisation CATALAN

Vu les procès-verbaux du jury attestant que l'intéressée a satisfait au contrôle des connaissances et des aptitudes prévu par les textes réglementaires

le **DIPLÔME D'UNIVERSITÉ** CERTIFICAT DE LANGUE CATALANE B1, validé par l'UPVD label INIATION/PREPARATION, Conseil d'Administration du 25/05/2012, spécialisation CATALAN

est décerné à **Mme CHRISTINE BLANCH**

au titre de l'année universitaire 2012–2013.

Le titulaire

Le Directeur

Martine CAMIADE

Fait à Perpignan, le 25 novembre 2013
Le Président de l'Université

Fabrice LORENTE

AOESLH2012/0399

EU DIGITAL COVID CERTIFICATE

CERTIFICAT COVID NUMÉRIQUE UE

MINISTÈRE DE LA SANTÉ ET DE LA PRÉVENTION
*Liberté
Égalité
Fraternité*

  l'Assurance Maladie  ASSISTANCE HÔPITAUX PUBLIQUE DE PARIS

Nom(s) et prénom(s) *Surname(s) and forename(s)*	**BLANCH CHRISTINE**
Date de naissance *Date of birth*	**1967-06-03**

Par souci de confidentialité de vos données de santé, nous vous recommandons de ne présenter que le seul QR code de preuve en pliant cette attestation

---

Ce certificat n'est pas un document de voyage. Un nouveau certificat pourra être exigé en fonction de l'évolution de la pandémie. Avant de vous rendre dans un pays étranger, vérifiez les mesures sanitaires locales applicables pour le Covid-19.

Les informations pertinentes peuvent être trouvées ici : https://reopen.europa.eu/en

Ce document est personnel et non transférable. Il est délivré en application du décret n° 2020-1690 du 25 décembre 2020 autorisant la création d'un traitement de données à caractère personnel relatif aux vaccinations contre la Covid-19.

Conformément aux dispositions relatives à la protection des données personnelles, vous disposez d'un droit d'accès, de rectification et de limitation aux données qui vous concernent, ainsi que d'un droit d'opposition sur une partie du traitement. Ces droits s'exercent auprès du directeur de votre caisse d'Assurance Maladie de rattachement en contactant le ou la délégué(e) à la protection des données. Pour en savoir plus sur le traitement de vos données, rendez-vous sur le site d'information ameli.fr (https://www.ameli.fr/mention-information-si-vaccin-covid).

La loi rend possible d'amende et/ou d'emprisonnement quiconque se rend coupable de fraudes ou de fausses déclarations (articles 441-1 et suts du code pénal). En outre, la falsification ou l'établissement de faux documents, ainsi que l'utilisation de tels documents sont passibles d'une pénalité financière aux titres des articles L.162-1-14 du code de la Sécurité sociale.

Flashez pour ajouter dans TousAntiCovid

CERTIFICAT DE VACCINATION
VACCINATION CERTIFICATE

Maladie ou agent ciblé *Disease or agent targeted*	**COVID-19** 840539006
Vaccin/prophylaxie *Vaccine/prophylaxis*	**Covid-19 vaccines** J07BX03
Médicament vaccinal *Vaccine medicinal product*	**COVID-19 Vaccine Moderna** EU/1/20/1507
Fabricant ou titulaire de l'autorisation de mise sur le marché du vaccin *Vaccine marketing authorisation holder or manufacturer*	**Moderna Biotech Spain S.L.** ORG-100031184
Nombre dans une série de vaccins/doses *Number in a series of vaccinations/doses and the overall number of doses in the series*	**3/3**
Date de la vaccination *Date of vaccination*	**2022-01-13**
État membre de vaccination *Member State of vaccination*	**FR**
Émetteur du certificat *Certificate issuer*	**CNAM**

91

Chapitre 10 : Retour aux sources

Après cet épisode de quelques années à Paris, je suis finalement rentrée à Perpignan le premier avril 2023.

Mon goût pour la musique s'accentuant, j'ai rejoint une troupe à Perpignan, jouant de la cornemuse, instrument traditionnel aux sonorités uniques, fait de peau de chèvre et orné de bourdons. Comme les Bretons avec leur biniou, nous avons notre propre version catalane, la gaïta.

Depuis quatre ans, je fais partie d'une troupe folklorique où je joue de la percussion, et je manie également le tuba. Cet instrument, bien que plus classique, résonne avec le timbre particulier de notre région. Nous partageons des instants chaleureux ; nous fêtons les anniversaires et autres événements... Parfois, nous passons même la frontière espagnole.

Cette ambiance, je l'ai aimée depuis mon enfance, et elle me rappelle pourquoi je reviens toujours ici, où la qualité de vie est incomparable. Malgré mes séjours à l'étranger, ce sont mes racines qui m'appellent, m'ancrent dans cette terre. Là où la chaleur influe sur le rythme de vie, où l'on économise son énergie et où le coût de la vie est plus doux. L'atmosphère respire la tranquillité ici ; un contraste saisissant avec l'effervescence constante de Paris. Un silence apaisant m'entoure, me procurant des instants de solitude sereine.

La qualité de vie, on ne peut le nier, est supérieure. La mer et la montagne à proximité embellissent mon quotidien... À seulement quatre kilomètres des vagues, je peux aussi m'évader vers les pistes enneigées : un trajet en bus à un euro l'aller-retour suffit. Les week-ends au ski avec mon fils Julien sont gravés dans ma mémoire : des moments précieux et économiquement abordables...

Au fil du temps, j'ai exploré diverses villes françaises. Notamment Colmar – là où une cousine éloignée de mon père résidait m'a initié aux traditions alsaciennes.

Récemment... Sommières a été le théâtre d'un festival médiéval captivant : le lieu métamorphosé en marché traditionnel foisonnait d'artisans forgerons et proposait des balades à poney. Notre prestation musicale ? Un franc succès ! L'évènement s'est étiré jusqu'à cinq heures de l'après-midi, enrichissant tant sur le plan humain que financier.

Et puis, il y a tant de choses à faire dans ma si belle région... et ce toute l'année !

Au cœur de l'hiver, janvier se révèle avec le Trail de Font-Romeu-Odeillo-Via... Un défi pour les courageux qui osent affronter le froid à 1700 mètres d'altitude dans une épreuve hivernale.

Février, quant à lui, revêt ses habits de mystère à Arles-sur-Tech. C'est la Fête de l'Ours : une tradition médiévale où un ours "captif" courtise une bergère... Les villageois incarnent ces figures d'antan.

Mars annonce Pâques et avec lui, Millas s'anime. Place à la Fête de la bunyete et de l'olive ; on y célèbre ces symboles gustatifs avec ferveur.

Avril illumine Perpignan. La San Jordi y est célébrée : un hommage vibrant à l'amour et au savoir... Et puis il y a la Sanch, procession du Vendredi Saint qui attire les foules sur son chemin empreint de recueillement.

En mai, Céret s'épanouit en couleurs et saveurs lors de sa Fête de la Cerise. Deux jours où marchés, castellers vertigineux et jeux autour du fruit rouge enchantent les visiteurs...

Les douces soirées de juin vibrent aux accents féminins à Maury – le Festival Voix de Femmes met en lumière des talents vocaux au cours d'enivrantes représentations sous les étoiles.

Juillet se dévoile sous deux visages : Céret vibre au rythme des Déferlantes avec leur cocktail pop-rock ; tandis qu'au Barcarès, l'Electro Beach Festival fait danser les amateurs sur des beats électro sous le ciel estival.

Août honore Prades avec le Festival Pablo Casals – un écrin pour les solistes qui donnent vie à la musique classique comme contemporaine...

Septembre apporte son lot d'évasion avec Visa pour l'Image à Perpignan: un rendez-vous incontournable pour les photojournalistes du monde entier (leurs clichés racontent notre planète).

Novembre voit revenir la foire Saint-Martin – une véritable institution à Perpignan ! Manèges et foule bigarrée s'y donnent rendez-vous... Une fête foraine parmi les plus grandes! Et enfin, décembre métamorphose Le Barcarès en un village enchanteur où Noël prend vie... Petits et grands sont conviés dans ce décor magique qui brille du matin jusqu'à la nuit tombée.

Actuellement, je travaille dans le secteur agricole, où la demande est forte durant la saison. Notre dynamisme ne faiblit pas malgré les longues journées. La récolte de juillet, riche en pêches et nectarines, me comble.

Je suis demeurée réaliste face aux défis immobiliers contemporains consciente qu'avoir un toit stable est essentiel dans notre société où pèsent tant nos loyers exorbitants... Après maints déménagements errants - voilà ! Me voici chez moi librement sans propriétaire attendant son tribut mensuel.

Mon chez moi est une petite propriété chargée d'histoire familiale - autrefois mercerie tenue par ma grand-mère. Elle s'est muée en un cocon chaleureux de 70 m² où j'ai tissé ma vie depuis deux décennies entre mes voyages. Blotti au rez-de-chaussée d'une bâtisse épousant la roche (une mezzanine y trône fièrement), cet espace dégage un charme incontestablement atypique.

Malgré mes escapades professionnelles, j'ai toujours fini par revenir ici. Cet appartement nous vient en héritage de notre tante ; c'est mon père qui en a hérité initialement. Nous avons choisi ensemble d'y apporter notre touche.

L'espace se compose d'un atelier pour mes créations artistiques ; il y a aussi un vélo stationnaire pour garder la forme, un bureau concentrant mes inspirations et rêveries... Une salle d'eau avec baignoire invite à la détente tandis qu'un WC séparé préserve l'intimité. La cuisine ? Elle se déploie sur un salon qui s'étend vers une véranda.

L'immeuble compte quatre étages : le mien au rez-de-chaussée puis deux appartements par palier au-dessus... Nous sommes tous copropriétaires mais curieusement réticents à engager les travaux nécessaires - pensons juste au ravalement de façade...

J'ai également un chat qui s'appelle Xander, qui, à sa manière, occupe une place dans mon quotidien. Mon appartement a été, pendant longtemps, un refuge, un pied-à-terre que je conserve précieusement.

Aujourd'hui, je ne projette plus de déménagements, si ce n'est pour de courtes escapades. Je mets de côté pour ces petits voyages qui m'apportent un souffle de liberté. Je suis toujours active, je travaille dur et je me consacre aux activités saisonnières. Cela me convient et je trouve du plaisir dans ces tâches.

Enfin, le retour implique toujours une réorganisation, un mois environ pour remettre de l'ordre dans les affaires administratives - impôts, assurances, EDF. La vie, avec ses obligations et ses joies, continue, et je m'adapte, comme toujours.

Oh, quelle épopée que celle de ma vie professionnelle !

La législation du travail est en constante mutation : Pôle Emploi, aujourd'hui rebaptisé France Travail, requiert désormais huit mois d'exercice professionnel avant toute prétention aux allocations chômage. Heureusement, 800 euros sont là qui m'attendent pour financer une formation future... même si je n'ai pas encore tranché.

Je regarde vers l'horizon avec deux décennies de carrière restantes avant même de penser à la retraite... J'ai donc anticipé en souscrivant une assurance vie – "un choix avisé", me souffle-t-on – dont les bénéfices mûriront patiemment.

Bali peuple mes rêves en tant que destination de vacances tant convoitée ; cependant, ce projet est pour l'instant mis en pause. À l'issue de mon contrat saisonnier, j'ai plongé dans le grand bain de l'entrepreneuriat. En véritable artisan aux talents diversifiés, je crée des pochons destinés à la vente et m'adonne avec délice à l'aquarelle – un art pour lequel je suis officiellement reconnue sous le numéro SIREN 479 443 459.

Mon espace de vente en ligne, « Christine Blanch, qualité durable » se veut un gage d'excellence et d'éthique (vous pouvez le visiter ici

: https://www.christine-blanch.com). J'ai également lancé une campagne de financement participatif (à découvrir sans plus attendre : https://fr.ulule.com/creations-d-aquarelles-floquees/).

C'est dans la douceur de mon appartement – assez vaste pour accueillir tout mon petit monde artistique – que mes créations prennent vie... L'an dernier a été rythmé par ma participation aux marchés d'été et aux féeries des marchés de Noël ; une aventure que je compte renouveler avec joie en 2024. La prospection commerciale rythme également mes jours : elle s'étend du devis jusqu'à la réception des paiements via Sumup, sans oublier la gestion des commandes et l'émission des factures.

Mon site e-commerce ainsi qu'une présence assidue sur les réseaux sociaux me dotent d'une visibilité non négligeable ; ils sont ma vitrine publicitaire du moment...

Au fil des jours, je tisse patiemment les fils de mes projets futurs...
Parmi eux : acquérir un petit nid douillet semble être un objectif bien
palpable à moyen terme.

Ma vie ? Un kaléidoscope marqué par moult changements - avant ce
retour aux sources après maintes péripéties voyageuses. En somme, ma
vie dessine un patchwork riche en expériences variées ; c'est un tissage
délicat entre tradition et modernité où se côtoient souvenirs anciens et
aspirations futures...

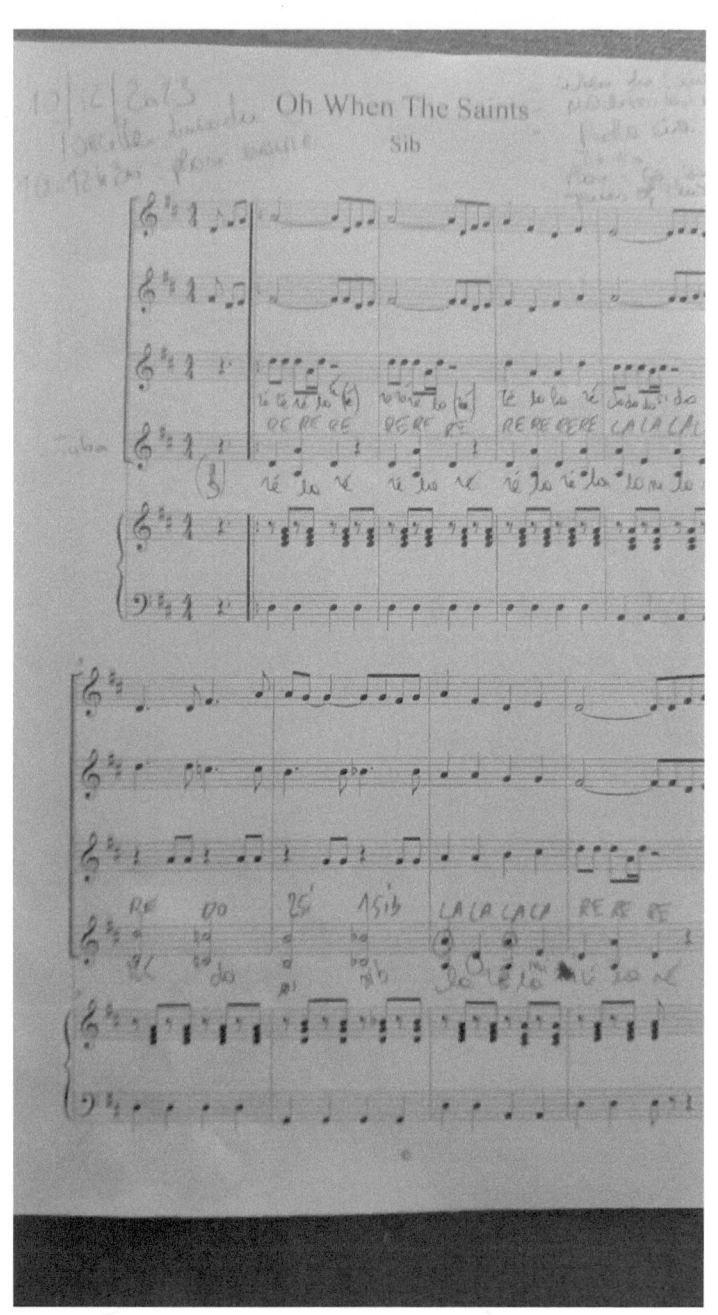

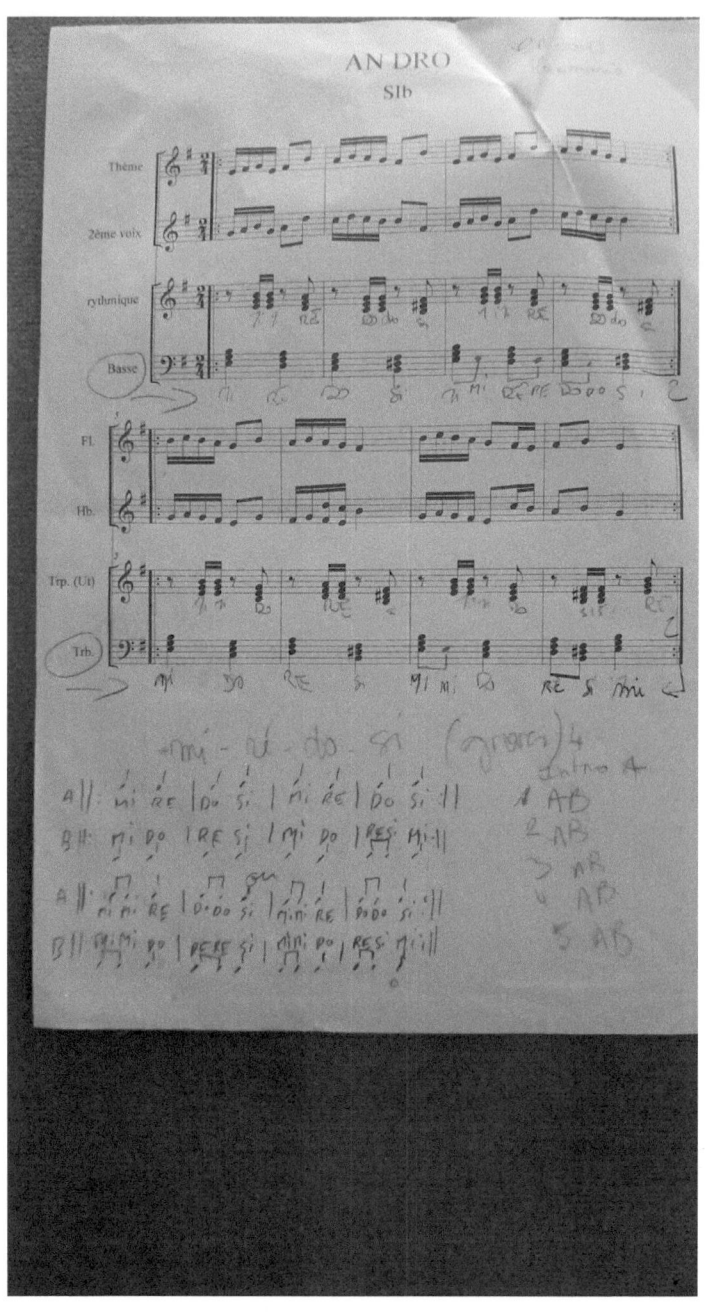